ARRIE,

OU

LES VICTIMES DE LA TYRANNIE,

TRAGÉDIE EN TROIS ACTES;

PAR

M. AMÉDÉE DE TISSOT,

AUTEUR DES TRAGÉDIES DE DARIUS, DU MASSACRE DE LA SAINT-BARTHÉLEMY,
D'EUDOXIE ET DE PLUSIEURS AUTRES OUVRAGES LITTÉRAIRES ET POLI-
TIQUES, AINSI QUE D'UN PROJET DE LANGUE UNIVERSELLE : INVENTEUR
DES QUAIS FLOTTANS, DE L'ORDRE DE LA GLOIRE, DE L'ORDRE DES GRACES
ET DE NOUVELLES MANIÈRES DE BATIR LES VILLES ET LES MAISONS, ETC. ETC.

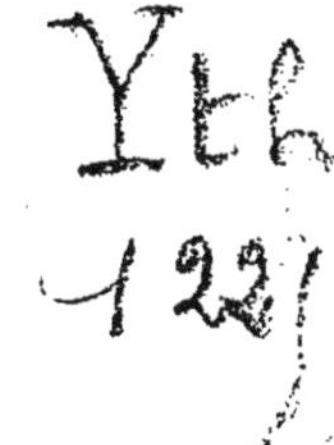

PARIS,

CHEZ BARBA ET LES PRINCIPAUX LIBRAIRES,

AU PALAIS-ROYAL.

M. D. CCC. XXVI.

PERSONNAGES.

ARRIE, Dame romaine, épouse de Cecina-
    Pœtus.

CECINA-POETUS, Homme consulaire.

VICINUS, Sénateur, ami de Pœtus.

NARCISSE, Affranchi de l'Empereur Claude.

ISIDORE, Chrétien ami de Cecina-Pœtus.

LIVIE, suivante d'Arrie.

EGINUS, Officier de Narcisse.

TROUPE DE CONJURÉS.

SOLDATS ROMAINS DÉVOUÉS A L'EMPEREUR.

CHRÉTIENS RETIRÉS DANS LES CATACOMBES.

La Scène est à Rome.

ARRIE,

TRAGÉDIE EN TROIS ACTES.

ACTE PREMIER.

SCÈNE PREMIÈRE.

*Le théâtre représente l'intérieur du palais de Cé-
cina dans Rome, dont on aperçoit un temple
et quelques monumens.*

ARRIE, LIVIE.

ARRIE.

Enfin je te revois, ô Rome, ô ma patrie !
Murs sacrés, à vos pieds laissez l'heureuse Arrie
Honorer les vertus qui vous ont illustrés.
De quel doux sentiment mes sens sont pénétrés !
Cès arbres, cet ombrage, ici tout m'intéresse.
C'est là que j'ai reçu l'aveu de ta tendresse,
Cecina ! c'est d'ici qu'on nous avait bannis :
Voilà le temple auguste où nous fûmes unis.

Rome entière assistait à ce doux hyménée :
De myrthe et de jasmin ma tête couronnée,
Sous ce léger fardeau demandait ton appui ;
Mon bonheur m'accablait, il renaît aujourd'hui.
De l'amour le plus pur un fils l'unique gage,
Tendre fleur dont moi seule entendais le langage,
Fut placé par mes mains dans ces murs isolés,
Présens dans mon exil à mes yeux désolés.
Hélas ! un autre sein a nourri son enfance,
Contre nos ennemis qui prendra sa défense ?
Eh ! quelle autre que moi sentirait ces élans,
Ce charme, cet amour et ces transports brûlans
D'une mère cédant à sa tendresse extrême,
Et qui n'existe plus que dans l'objet qu'elle aime ?

LIVIE.

Tant de vertus, Madame, ont des droits au bonheur ;
Vous reverrez ce fils si cher à votre cœur,
Qu'il ne gémisse plus loin du sein de sa mère :
Oui, courons l'embrasser.

ARRIE.

       L'embrasser ! sans son père ?
Moi ! loin de Cécina gouter quelques plaisirs ?
Infortune, bonheur, amour, craintes, desirs ;
Il n'est point d'intérêt qu'un époux ne partage.
Près de lui le bonheur me touche davantage,

Le malheur avec lui n'est qu'un nouveau lien,
Qui m'attache son cœur et qui charme le mien.
Non, Livie; en ces lieux lorsque je dois l'attendre,
Vole auprès de ce fils, que dans un âge tendre
J'ai soustrait à l'exil. Qu'appuyé sur mon sein,
Il oppose à mes pleurs sa caressante main :
Pour dissiper ma crainte il faut que je le voie;
Que Cécina bientôt éprouvera de joie,
Si le ciel par ma bouche imploré chaque jour
Conserva cet objet de regrets et d'amour,
Si je puis prendre encor le doux titre de mère !
Tour-à-tour sur mon sein, sur celui de son père,
Ce fils nous pressera dans ses bras caressans
Et nous partagera ses baisers innocens.
O combien cette image à mes yeux a de charmes !
Ce n'est qu'une espérance et je verse des larmes !
Mais je vois mon époux, vole, ne tarde pas,
Tu vas me rapporter la vie ou le trépas.

SCÈNE II.

ARRIE, CÉCINA.

ARRIE.

Cécina, du bonheur enfin voici l'aurore;
Rome voit triompher un héros qu'elle honore :

A peine dans ses murs nous sommes de retour
Et déjà ses transports t'expriment son amour.
Avant ces jours heureux où bravant les intrigues,
Ta gloire d'un ministre a confondu les brigues ;
Sur ces rochers lointains, au Dalmate si chers,
Souvent en soupirant je contemplais ces mers
Dont le ciel sut orner la superbe Italie.
Toi seul en m'arrachant de ma mélancolie,
Par les soins d'un amant, d'un ami, d'un époux,
Sus de ces lieux d'exil faire un séjour plus doux.
Près de toi j'oubliais ces triomphes ; ces fêtes,
De Rome chaque jour proclamant les conquêtes,
(Car sous le fer d'un chef méprisé dans leurs rangs
Nos guerriers sont courbés, mais ils sont encor grands.)
J'oubliais et le cirque et ses sanglans spectacles,
Ces temples où l'or seul inspire les oracles,
Et ce peuple servile élevant des autels
Aux tyrans que leur honte a rendus immortels :
J'oubliais ces palais dont la magnificence
D'Auguste sur le trône atteste la puissance ;
Hélas ! ses successeurs dans la fange abattus
Ont imité son luxe et non pas ses vertus.
J'oubliais ces jardins où déjà dans l'enfance
Nous serrâmes des nœuds tissus par l'innocence.
C'est là, tu t'en souviens, qu'assise auprès de toi,

Un serpent furieux en s'élançant sur moi,
Allait verser mon sang sous sa dent homicide;
Je périssais, toi seul, d'un bras encor timide,
Tu frappas le reptile et la main du vainqueur.
Pour la première fois sentit battre mon cœur.
Ta bouche sur ma bouche appaisait mes alarmes,
Tes larmes se mêlaient à mes brulantes larmes,
Mon âme s'éveilla dans tes embrassemens ;
Et nos premiers baisers ont été nos sermens.

CÉCINA.

Serait-ce un souvenir? mon bonheur dure encore.

ARRIE.

Près de toi j'oubliais Rome qu'on deshonore,
Ses murs si fastueux, transformés en prisons,
Ses honneurs en périls, ses plaisirs en poisons;
Oui j'ai dû l'oublier cette terre flétrie,
Où respire un tyran il n'est plus de patrie.

CÉCINA.

Rome n'en aura plus ou saura les punir.

ARRIE.

Oui d'un unique objet j'ai dû me souvenir.
Si c'est une faiblesse, à tous deux elle est chère ;
Le cœur de ton épouse est le cœur d'une mère.
Hélas ! depuis trois ans, qu'attachée à tes pas,
Partageant ton exil, ou bravant le trépas,

Mon sein dût s'arracher de la lèvre chérie
Dont à peine il venait de séparer sa vie ;
Quittant, laissant dans Rome un fils infortuné
Que nos accusateurs n'avaient pas condamné,
Chaque jour sur son sort j'ai répandu des larmes ;
Quand pourrai-je embrasser cet objet plein de charmes ?
Saura-t-il, quand une autre a droit à son amour,
Reconnaître le sein qui lui donna le jour ?

CÉCINA.

Dans l'exil son malheur, le sort qui m'en sépare
Allumaient mon courroux contre un maître barbare,
Et mon bras s'est armé contre nos ennemis,
Pour toi, pour la patrie et pour sauver mon fils.

ARRIE.

On vient : pour cet enfant je dois un sacrifice
A des dieux que ma voix accusait d'injustice ;
Leur main, en se jouant des projets des mortels,
A placé l'espérance au pied de leurs autels.

SCÈNE III.

CÉCINA, VICINUS.

VICINUS.

De la terre d'exil ramené par la gloire
Cécina nous promet les fruits de sa victoire,

Et ce bras illustré par d'immortels exploits,
Des Romains opprimés va défendre les droits.
De ses heureux travaux tout retentit encore,
L'univers les célèbre et lui seul les ignore;
D'un héros vertueux telle est la fermeté.

CÉCINA.

Modère cet éloge : ah ! si j'ai mérité
Que ce nom sans éclat soit gravé par l'histoire,
Des titres plus certains sauveront ma mémoire.
Honte à ces conquérans, dont le nom trop vanté,
Va sur des flots de sang à l'immortalité,
Et qui des nations aggravant les misères,
Comptent des ennemis où je compte des frères.

VICINUS.

Qu'entends-je, ta raison dédaigne tes lauriers,
Tu refuses la gloire à des travaux guerriers?
A servir notre cause ainsi donc tu t'apprêtes?

CÉCINA.

Oui je dois condamner la fureur des conquêtes,
Ce torrent sans limite, inévitable, affreux,
Entraînant les mortels dans son cours désastreux,
Au lieu de flots versant et la flamme et la cendre,
Mesurant sa hauteur aux pleurs qu'il fait répandre,
Et de leur propre sang enivrant humains;
Mais d'un triste esclavage affranchir les Romains,

Sauver leurs jours, punir la main qui les opprime,
Bannir la tyrannie et l'empire du crime,
A l'homme méconnu rendre sa dignité,
Vicinus, ce n'est plus trahir l'humanité,
C'est remplir un devoir qu'elle-même nous trace.

VICINUS.

Ah ! je te reconnais à cette noble audace.

CÉCINA.

Ce ministre qui, né pour les plus vils emplois,
Apprit dans l'esclavage à nous dicter des lois,
Et confus des affronts dont il souffrait l'injure,
Veut punir les Romains de sa naissance obscure,
Narcisse, ce flatteur par César affranchi,
Par l'intrigue élevé, dans la honte blanchi;
Envain par mon exil signala sa vengeance;
Après deux ans Pallas, rival de sa puissance,
Effaça mon outrage et voulut par mes mains
Sur les bords du Danube affermir les Romains.
Quittant l'exil, j'ai vu ces superbes contrées,
Par le fier Mithridate à jamais illustrées;
Et la Thrace et la Grèce, invoquant de vains droits,
Et le Pont révolté sous le sceptre des rois,
Oser dans Rome encor rappeler les alarmes;
La victoire partout à protégé nos armes;

Mais si des ennemis mon bras fut la terreur,
J'ai servi la patrie et non pas l'empereur.

VICINUS.

Oui jamais notre sang n'est dû qu'à la patrie;
On abhorre un tyran, elle seule est chérie.

CÉCINA.

Instrument des méchans, sans vice et sans vertus,
Eh! qui pourrait aimer le lâche Claudius?
Le vil Caligula, le barbare Tibère,
Ces tigres couronnés, en horreur à la terre,
Qui de sang abreuvés, entourés de bourreaux,
Etonnaient l'univers par des forfaits nouveaux,
Furent moins dangereux dans leurs fureurs sinistres
Qu'une ombre d'empereur, jouet de ses ministres.
Tel est ce Claudius, indigne de régner,
Qu'à ce titre honteux Cajus dût épargner.
Ce monstre auprès de qui nul autre n'obtint grâce,
Nous laissa par pitié l'opprobre de sa race,
Et le monde obéit à ces débiles mains,
Qu'un tyran oubliait en comptant les Romains.
Tandis que dans les soins d'une éternelle enfance,
César obéissant à la voix qui l'encense,
Ne marque son pouvoir que par de vains arrêts,
Une flatteur tout puissant dicte seul ses décrets.
Une femme! à son nom la pudeur s'effarouche

Et repousse l'aspect de cette infâme couche,
Où sans cesse appelant les plus vils des Romains,
Dans leur sang Messaline ose tremper ses mains.
Sa haine et son amour ont besoin de victimes ;
Mais fuyons son image et sa honte et ses crimes,
Seuls titres qui pourront à la postérité
Porter parmi la fange un nom si détesté !
Voilà les souverains sous qui Rome soupire ;
Leurs crimes sont-ils donc des titres à l'empire ?
Le trône ensanglanté par de cruels tyrans,
N'offre-t-il un abri qu'à des monstres plus grands ?
Non, non, la liberté renaîtra de sa cendre,
Dans les cœurs généreux sa voix se fait entendre ;
Un nouveau jour se lève et le suprême rang
Ne sera plus le prix de l'opprobre et du sang

VICINUS.

Oui, c'est l'unique espoir d'un peuple qu'on opprime.
Mais de nos conjurés qu'un heureux zèle anime,
La troupe qui paraît s'incline devant toi ;
Par de nouveaux sermens assurons-nous leur foi.

CÉCINA.

Eh, quoi ! Scribonius, l'ami de mon enfance,
Lui qui dans mon exil embrassant ma défense,
De Claude et de Narcisse a juré le trépas,
Parmi les conjurés ici ne paraît pas ?

VICINUS.

Ce héros dont l'audace et la vertu guerrière
De combats et de gloire ont semé sa carrière,
Consacre tous ses jours au salut des Romains,
Et prépare en secret ses généreux desseins ;
C'est ainsi qu'un guerrier doit illustrer sa vie.

SCÈNE IV.

CÉCINA, VICINUS, Conjurés.

CÉCINA.

Venez dignes Romains, vengeurs de la patrie,
Défenseurs de ses droits, venez rompre ses fers,
Venez donner un maître à Rome, à l'univers.
Indigne de ce nom, le tyran qui nous brave,
Méprisé dans sa cour et sur le trône esclave,
Elevé par sa honte au rang des souverains,
Né doit plus enchaîner nos glorieux destins.
A de vils préjugés l'humanité livrée,
Sous les débris impurs d'une race abhorrée,
En accordant l'empire et le suprême rang,
Ose encor s'asservir sous les vains droits du sang ;
D'Auguste en son déclin admirant la clémence,
Elle oublie aujourd'hui sa barbare démence,

Et ce fleuve de sang qui versé par ses mains,
Le porta de l'opprobre au trône des Romains.
Ces hardis monumens, ces temples magnifiques,
Ces cirques fastueux, ces superbes portiques,
Ces palais décorés de marbres éclatans,
Où de l'or prodigué les reflets insultans,
Captivant les regards du stupide vulgaire,
Montrent impunément le prix de sa misère,
Ces témoins d'esclavage autant que de grandeur,
Au peuple qu'on enchaîne offrent-ils le bonheur?
Non; qu'on ne vante plus cette superbe Rome,
Non, la liberté seule est la gloire de l'homme.
Organe protecteur de nos jours, des nos biens,
Ce sénat, vain garant des droits des citoyens,
Corrompu par le crime, asservi par l'intrigue,
N'opposant au pouvoir qu'une impuissante digue,
Ne vit qu'en se courbant sous un maître odieux,
Et rampe sous le joug que l'on dore à ses yeux.
N'abaissons point ainsi nos généreux courages,
Délivrons la patrie en proie à tant d'outrages;
Sous le fer des tyrans que ce peuple abattu,
Couvre de ses mépris des princes sans vertu,
S'il veut un chef enfin, c'est à lui de l'élire;
Proclamé par sa voix et digne de l'empire,
Couronnons un héros éprouvé par le temps,

Mûri dans les conseils, aguerri dans les camps,
Que les nobles travaux, la haute renommée,
L'amour des citoyens et le choix de l'armée,
Seuls titres désormais respectés des humains,
Elèvent un grand homme au trône des Romains ;
L'univers ne veut plus pour maître et pour arbitres,
Des souverains sans lustre et sans gloire et sans titres.
Bannissons cet usage et ces droits surannés,
Qui forment au berceau des monstres couronnés,
Choisissons un mortel digne du diadême,
Et que la vertu seule élève au rang suprême.

VICINUS.

Oui la race d'Auguste est partout en horreur ;
Jurons tous, animés d'une égale fureur,
De frapper ce monarque endormi sur son trône,
Qui laisse sur son front chanceler sa couronne,
D'immoler avec lui ces ministres flétris
Sous le poids de la honte et les traits du mépris ;
Des princes et du peuple ennemis légitimes,
Et prêtres de l'état, dès qu'il faut des victimes !

LES CONJURÉS.

Oui, nous le jurons tous.

VICINUS (à Cécina).

Ami, tu vois le bras
Qui de Caligula punit les attentats ;

Un nouveau monstre règne et ma main déjà prête
Va d'un trône sanglant précipiter sa tête ;
Mais de nos oppresseurs si j'ai versé le sang,
Je les méprise trop pour accepter leur rang.
Cécina, c'est à toi qu'appartient la couronne,
L'amitié peut l'offrir, la gloire te la donne.

(Au moment ou Cécina semble par modestie refuser
l'empire, Arrie se présente, et jette la couronne qu'on
veut placer sur la tête de son époux.)

SCÈNE V.

LES PRÉCÉDENS, ARRIE.

ARRIE.

Romains, foulez aux pieds ce signe du pouvoir,
Sauvez la liberté, voilà votre devoir.
Qui peut voir sans horreur un sceptre despotique ?
Tous les cœurs généreux veulent la république.
Là les droits sont sacrés ; des moindres citoyens
L'état doit respecter et la vie et les biens.
La loi seule y commande et le peuple la donne ;
Là de vils courtisans rampans aux pieds du trône
Pour leur coupable encens ne trouvent plus d'autels ;
Et l'on n'y range pas parmi les immortels
Des tyrans dont le ciel a puni la furie,
Et tout couverts encor du sang de la patrie.

CÉCINA.

Chère épouse ! l'amour pardonne à ton erreur ;
Le ciel plaça ta vie après ces jours d'horreur,
Où d'un peuple égaré le pouvoir anarchique
Grava de son poignard le nom de république,
Cette arène éternelle ouverte aux factions,
Et célèbre à jamais par les proscriptions ;
Les haines, les forfaits et les guerres fatales,
Qui du sang des Romains ont empreint nos annales.
Le temps sut les couvrir sous un voile de deuil ;
Faudra-t-il les rouvrir, tandis que le cercueil
Regorge de héros et de tristes victimes,
Qui de ce siècle impie attestent tous les crimes ?
J'aime la liberté, je la veux, je l'attends ;
Sans elle tous les biens sont des fers éclatans,
Tous les maux plus affreux ; mais la liberté même
Demande que d'un chef la puissance suprême
Protège ses bienfaits.

ARRIE.

Pourquoi la protéger ?
Elle est dans tous les cœurs, ils sauront la venger.

SCÈNE VI.

LES PRÉCÉDENS, ISIDORE.

ISIDORE.

Amis ! de nos soldats une troupe effrénée,
Par Narcisse en secret peut-être déchaînée,
Contre Scribonius exhalant sa fureur,
De vos nobles desseins accuse la lenteur,
Et d'un triste présage écoutant les alarmes,
Déjà contre ses chefs semble tourner ses armes.
Que les séditieux apprennent à trembler;
Venez, amis, sauvez le sang prêt à couler.

VICINUS.

Courons, amis, punir une troupe rebelle.

(Vicinus sort avec Isidore et les Conjurés).

SCÈNE VII.

CÉCINA, ARRIE.

CÉCINA.

Ah ! je   dois protéger un ami si fidèle.

ARRIE.

Quoi ! de Scribonius les jours sont en danger ?

CÉCINA.

Oui, mais à ses côtés je vole me ranger.

ARRIE.

Pourras-tu le sauver?

CÉCINA.

Je pourrai le défendre

ARRIE.

Et s'il meurt?

CÉCINA.

Je mourrai.

ARRIE.

Dieux! que viens-je d'entendre?
Nul pouvoir de mes bras ne saurait t'arracher :
La mort seule aujourd'hui pourra m'en détacher.

CÉCINA.

Veux-tu perdre un ami?

ARRIE.

Veux-tu perdre une épouse?

CÉCINA.

Ma gloire a commandé.

ARRIE.

La mienne en est jalouse.

CÉCINA.

Non, conserve tes jours pour un plus doux emploi;
Ton sexe te l'ordonne.

ARRIE.

Et j'enfreins cette loi.
Que m'importe mon sexe? on l'opprime, on l'outrage,

Mais souvent il donna l'exemple du courage.

La nature en naissant nous apprend à souffrir;

Je suis femme et Romaine, et je saurai mourir.

CÉCINA.

Toi, mourir ?

ARRIE.

Avec toi.

CÉCINA.

Sous le fer !

ARRIE.

Mais ensemble!

CÉCINA.

Quel destin !

ARRIE.

Il est doux si le ciel nous rassemble.

Volons, n'écoutons plus une froide pitié;

Viens, les femmes aussi connaissent l'amitié.

FIN DU PREMIER ACTE.

ACTE II.

SCÈNE PREMIÈRE.

Le théâtre représente les jardins du palais de Cécina.

NARCISSE, EGINUS.

NARCISSE.

Sous d'obscurs vêtemens qui pourrait reconnaître
De Rome et de César le ministre et le maître ?
Mon aspect en ces lieux répandrait la terreur,
Et je dois dans mon sein renfermer ma fureur.
Oui, malgré les efforts de ce peuple coupable,
Le trône des Césars demeure inébranlable...,
Qu'on brave impunément l'indigne souverain,
Dont l'imbécillité flétrit le nom romain,
Et qui, toujours en proie à des craintes sinistres,
Gémit sous le fardeau que portent ses ministres ;
Qu'aux yeux de ses sujets, malgré lui couronné,
Claudius cache un front au mépris condamné ;
Du destin sur les grands la rigueur est extrême,
Et l'on n'appelle point de son arrêt suprême ;
Mais qu'on ose outrager la main dont le pouvoir
De la race d'Auguste est le dernier espoir,

Que des ambitieux, frondant ma politique,
Prétendent sur mon sang fonder la république ;
Non, insensés ! Narcisse instruit de vos desseins,
Sait tourner contre vous le fer des assassins.
Ma volonté dans tout a-t-elle été suivie ?

ÉGINUS.

Oui, le ciel est garant de votre auguste vie.

NARCISSE (*avec dérision*).

Le ciel !

ÉGINUS.

J'ai parcouru les tentes des soldats,
Jadis auprès de moi vainqueurs dans cent combats ;
Là, feignant de céder au zèle qui m'entraîne,
Je sais flatter le bras que mon adresse enchaîne,
Et l'or que je prodigue éblouit tous les yeux.
« Le moment est venu d'accomplir tous vos vœux,
» Ai-je dit ; un ministre, appui de la couronne,
» Instruit de vos desseins, par ma voix vous pardonne ;
» Mais quittez un parti, l'objet de son courroux ;
» Vos chefs vous égaraient, qu'ils tombent sous vos coups ;
» De pareils conjurés ne sont que des complices,
» Et marcher dans leurs rangs, c'est voler aux supplices ;
» Sauvez de leurs fureurs et Rome et l'univers,
» Et pour vous, de César les trésors sont ouverts. »

D'abord ils frémissaient, bientôt ils se rassurent;
Et si les dieux, témoins des projets qu'ils abjurent,
Ne peuvent garantir leurs saints engagemens,
L'or de César suffit.... ils tiendront leurs sermens.
Aussitôt dans le camp, par d'éclatans murmures,
Ils menacent leurs chefs et les chargent d'injures :
Cécina pour une heure a su les contenir;
Mais bientôt sous leurs coups lui-même doit périr.

NARCISSE.

Je puis donc assouvir ma haine et ma vengeance;
Immoler Cécina, dont la fière indigence
A ma grandeur naissante opposait sa vertu,
Et qui sous mon pouvoir s'est en vain débattu?

ÉGINUS.

Faut-il dans son erreur plaindre encor cette Arrie,
Qui de la liberté veut doter sa patrie ?

NARCISSE.

La liberté ! ce nom tout couvert d'attentats
Sous un fleuve de sang ne s'efface donc pas?

ÉGINUS.

Retirons-nous, seigneur, votre ennemi s'avance.

NARCISSE.

Suis-moi. Si mon aspect n'est pour lui qu'une offense,
L'audace d'un proscrit ne saurait me troubler.

J'ai permis son retour, mais c'est pour l'accabler.
Par ce coup, de Pallas j'abaisse la puissance ;
Et tous ces conjurés, si fiers de leur naissance,
Par leurs propres soldats au supplice entraînés,
Se verront à-la-fois trahis et condamnés.

SCÈNE II.

CÉCINA, ISIDORE.

ISIDORE.

Enfin, ton éloquence et les larmes d'Arrie
Des soldats révoltés appaisent la furie ;
Le remords est gravé sur leurs fronts abattus,
Tel est sur les humains l'empire des vertus.

CÉCINA,

Des vertus ! je les cherche à leur source sacrée,
De ses flots bienfaisans mon âme est altérée ;
Parle-moi des chrétiens, de ces proscrits vainqueurs,
Qui ne veulent sur nous que l'empire des cœurs.
Que leur culte sublime et me charme et m'étonne !
Mon esprit se complaît aux clartés qu'il me donne ;
Il enseigne aux mortels la tendre humanité,
Je le reconnais là, c'est Dieu qui l'a dicté.
Quelle pureté règne en ses règles austères !
Qui peut m'initier à ses divins mystères ?

En quels lieux, sur quels bords par le ciel éclairés,
Verrai-je ces chrétiens, ees mortels révérés,
Tous frères, tous unis par un sacré baptême,
Au sentier des vertus guidés par un Dieu même?

ISIDORE.

Nous sommes seuls?

CÉCINA.

Réponds.

ISIDORE.

Viendrait-on nous troubler?

CÉCINA.

Au nom seul de ton Dieu, l'univers doit trembler,
Qui pourrait t'alarmer?

ISIDORE.

Le destin de mes frères :
Respectons leur asyle et surtout leurs misères.
Couronnés de vertus, pourraient-ils être heureux?
Le glaive des bourreaux est suspendu sur eux.
Le Dieu dont notre amour sert la majesté sainte,
Habite déjà Rome et sa superbe enceinte;
Non, que d'un vain éclat on pare ses autels,
Les mondes, l'univers, tous ces astres mortels,
Dont notre œil admira la lueur mensongère,
Passent sous ses regards, comme une ombre légère.

Le temple où sa grandeur se dévoile à nos yeux,
N'emprunte point de l'or son lustre glorieux ;
Des chefs-d'œuvre de l'art le superbe spectacle,
Ici n'entoure point son sacré tabernacle :
Tant de faste sied-il au pécheur prosterné,
Qui voit à ses côtés un frère infortuné ?
C'est parmi les détours des vastes catacombes,
Où de tant de martyrs, nos mains creusent les tombes,
Lieu terrible et profond, du soleil ignoré,
Qu'un Dieu qui nous éprouve est par nous adoré.
Des ossemens poudreux la triste symétrie
Rappelle à nos esprits leur céleste patrie ;
Car la mort, sans pouvoir sur l'âme du chrétien,
Est l'objet de ses vœux et de son entretien ;
A son heure suprême il attend d'un œil ferme
Une immortalité dont sa vie est le germe :
Tu connais notre culte.

CÉCINA.

Et je veux l'embrasser.

A ces hautes leçons que tu viens de tracer,
A ce grand avenir que notre âme devine,
J'entends, je vois, je sens cette empreinte divine,
Ces traits, cette harmonie et l'éclat solennel,
De la vérité seule, attribut éternel :
Au pied de vos autels je brûle de m'instruire.

ISIDORE.

Oui, dans ces lieux sacrés je saurai te conduire.

SCÈNE III.

ARRIE, CÉCINA, ISIDORE.

ARRIE.

Quoi, toujours entre vous ces entretiens secrets
Qui détachent vos cœurs des plus grands intérêts !
Aveuglement fatal, que mon amour déplore !
Quoi, Rome devient libre, et Cécina l'ignore ?

CÉCINA.

Le règne des tyrans.....

ARRIE.

Est le règne d'un jour ;
Instrumens de vengeance, ils tombent à leur tour.

CÉCINA.

Ainsi donc à César l'existence est ravie ?

ARRIE.

Qu'importe de César, ou la mort ou la vie ?
De sa honte lui seul sait tirer un secours.
En secret informé qu'on menace ses jours,
L'empereur n'écoutant que d'indignes alarmes,
Sur le sort qui l'attend, déjà versant des larmes,

Et voyant sur son front le poignard suspendu,
Glacé par la terreur, étonné, confondu,
Abdique le pouvoir, et d'une voix qui tremble,
Donne ordre en soupirant que le sénat s'assemble.
C'est là que de l'empire abjurant tous les soins,
De sa honte éternelle il choisit les témoins ;
Et ce sénat, courbé vers un maître farouche,
Va proclamer des noms trop nobles pour sa bouche,
Nos droits, la république, et notre liberté.

CÉCINA.

Quoi ! César souscrirait à cette indignité ?
Peut-on espérer....

ARRIE.

Tout... pour sa honte et ta gloire.
Souviens-toi de ce jour d'odieuse mémoire,
Où de Caligula l'assassin redouté
Dans Rome promenait son glaive ensanglanté :
Alors Claude tremblant, sans songer à l'empire,
Dans un réduit obscur, en secret se retire.
C'est de là qu'un soldat, témoin de sa terreur,
L'arrachant malgré lui, le salue empereur ;
Et ce lâche, pleurant sa triste destinée,
Est le maître qu'on donne à la terre étonnée !
Va, le trône souvent si fatal aux vertus,
Où, dans les voluptés, endormis, abattus,

Tant de princes n'ont eu qu'un réveil effroyable,
Ne fait point un héros d'un mortel méprisable,
Et son règne, qu'en vain la gloire avait tracé,
Finira lâchement, comme il a commencé.

CÉCINA.

Crois-tu donc que César (car Rome corrompue
Prodigue ce grand nom que son choix prostitue),
Pense-tu que César, instruit de nos desseins,
Renonce sans combats au trône des Romains,
Tandis que d'Albion, le vainqueur et l'arbitre,
Du grand Germanicus il emprunte le titre?
Et quand il le voudrait, ses puissans affranchis,
De rapine altérés, de nos biens enrichis,
Laisseraient-ils tomber de la main de leur maître
Un sceptre que lui-même il dédaigne peut-être ;
Mais qui de leur fortune est l'unique soutien,
Et l'appui d'un pouvoir plus réel que le sien?

SCÈNE IV.

ARRIE, CECINA, ISIDORE, VICINUS.

VICINUS.

Que faites-vous, amis? quelle erreur vous égare?
Quand Scribonius meurt sous le fer d'un barbare?

Quand les chefs attachés à nos vastes desseins
Tombent sous le poignard de cruels assassins ;
Quand à peine j'échappe aux fureurs des rebelles ?

CÉCINA.

Ciel !

VICINUS.

Déjà nos guerriers à leurs sermens fidèles
Des oppresseurs du peuple allaient verser le sang,
Déjà la liberté volant de rang en rang
Répandait son éclat sur le front de nos braves :
Rome allait secouer le joug de ces esclaves,
Des plaisirs de César agens voluptueux,
Et de ses cruautés ministres fastueux.
Nos coursiers agitant leur superbe crinière,
Impatiens de vaincre et frappant la poussière,
A peine contenus par un frein écumeux,
Brulaient de se montrer dans un champ glorieux.
Tout-à-coup de nos rangs des soldats mercenaires,
De Narcisse servant les projets sanguinaires,
S'élancent sur leurs chefs, et fiers de leur trépas,
Vont mendier le prix des plus noirs attentats !
Du grand nom de César ils couvrent tous leurs crimes,
Et je n'ai pu sauver ni compter les victimes.

CÉCINA.

O jour affreux !

ISIDORE.

Le ciel punira ce forfait.

ARRIE.

C'en est fait, plus d'espoir; ainsi l'on nous trompait,
César n'abdique pas?

VICINUS.

Non, César sur le trône
Conserve sa puissance ou plutôt sa couronne,
Car par ses affranchis sur le trône enchaîné
Esclave du pouvoir lui-même est gouverné,
Et complice innocent de leurs trames sinistres,
C'est pour leur obéir qu'il nomme ses ministres.
Attachés à leur proie, avides de nos biens,
Qu'importe à leur orgueil le sort des citoyens?
Du sein de leurs palais ces monarques à gages
Achettent des poignards au défaut de suffrages.
(à *Cécina.*)
Viens porter ton ardeur et l'espoir dans nos rangs,
Ton nom seul est l'arrêt du trépas des tyrans.

CÉCINA.

La voix de la raison saura se faire entendre
Et tout mon sang pour Rome est prêt à se répandre.

ISIDORE.

Puisse un heureux succès ne point tromper nos vœux.

ARRIE.

Contre la tyrannie il n'est jamais douteux.

(*à Cécina qui s'oppose à ce qu'elle le suive*)

Eh quoi ! tu me défends de veiller sur ta vie ?

CÉCINA.

Veux-tu que dans tes bras elle me soit ravie ?

ARRIE.

Je dois la protéger.

CÉCINA.

Non, reste, je le veux.

SCÈNE V.

ARRIE (*seule.*)

Pour la première fois il résiste à mes vœux.
Qu'il livre ma tendresse à d'affreuses alarmes !
Il épargne mon sang et fait couler mes larmes !

SCÈNE VI.

ARRIE, LIVIE.

ARRIE.

Quoi Livie ! est-ce toi ! je tremble, je frémis ;
Je crois voir dans tes yeux le destin de mon fils.

Pourrai-je le revoir ? apprends-moi s'il respire ?
Mon cœur pressent déja le coup dont il soupire.
Le ciel à tant de maux voulut me condamner,
Que le malheur lui seul ne saurait m'étonner.

LIVIE.

Hélas ! d'un fils si cher les organes débiles,
Objet de tant d'amour et de soins inutiles,
Dans l'horreur de la tombe insensibles, glacés,
Par de fidèles mains à jamais sont placés.
J'ai vu l'urne fatale où repose sa cendre,
Humide encor des pleurs que sa mort fit répandre,
Et son tombeau de fleurs chaque jour parsemé.
Infortunée ! un fils si tendrement aimé,
Déjà de vos tyrans excitait la furie ;
Un funeste poison a terminé sa vie.

ARRIE.

Quel monstre a consommé le plus noir des forfaits ?

LIVIE.

On accuse Narcisse.

ARRIE.

Ah ! je le reconnais,
Il fait périr mon fils et me laisse la vie !
Le cruel ! (*elle tombe évanouie.*)

LIVIE.

A ses yeux la lumière est ravie :
Vivez, ô vous dont Rome admire la vertu.
Mais que vois-je ? grands dieux, Cécina ?

ARRIE (sortant de son évanouissement).

Que dis-tu ?

Cécina, ce doux nom a rappelé mon âme ;
Mes sens étaient glacés, j'y sens couler la flamme.
Heureuse en mon malheur je puis encore aimer ;
Ma vie allait cesser, l'amour vient l'animer.
Dieux ! Cécina paraît, ma tristesse et mes larmes
Répandraient dans son cœur de trop vives alarmes,
Cachons-lui ce qu'il perd, effaçons ma pâleur,
Sous des traits plus rians déguisons ma douleur.
Mais sur ton front, Livie, il en verrait l'empreinte,
Du trépas de son fils soutiendrait-il l'atteinte ?
Je tremble, laisse-nous, respectons ses malheurs ;
Ne crains rien, moi je l'aime et je cache mes pleurs.

SCÈNE VII.

ARRIE, CÉCINA.

CÉCINA.

Arrie il faut partir. Loin d'un séjour de crimes
On peut sauver encor d'innocentes victimes.

ARRIE.

Où veux-tu qu'une épouse accompagne tes pas ?
L'exil auprès de toi m'offre encor des appas.
Qui partage nos maux rarement importune,
Et mon courage augmente avec ton infortune.

CÉCINA.

Que dis-tu ? non mon sort par l'honneur est dicté,
Je dois encore ici servir la liberté.

ARRIE.

Quoi, cette liberté, pour nous la loi suprême,
Me fut-elle jamais, moins chère qu'à toi-même ?
Quels mortels avilis n'invoquent ses bienfaits ?
Sans elle tous les biens sont des biens imparfaits,
Elle seule agrandit, transporte, élève l'âme,
Embrâse tous les cœurs d'une céleste flamme,
Couvre de ses trésors et la terre et les mers,
En brillantes cités transforme les déserts,
Fait d'un peuple une armée, et brisant ses entraves,
Enfante des héros où naissaient des esclaves.

CÉCINA.

Quel tableau ! qu'il me charme ! et que je dois t'aimer,
Toi que ce noble amour sut toujours enflammer.
Mais cette liberté veut un grand sacrifice,
Je lui dois tout mon sang — Des fers ou le supplice
Sont peut-être le prix qu'elle m'a destiné.

Fuis donc, Arrie, et loin d'un père infortuné,

Loin des bourreaux sanglans qui menacent ma vie,

Loin des noirs attentats dont leur rage est suivie,

Epargne-toi l'aspect de mes derniers momens.

Loin de toi je saurai supporter mes tourmens;

A ce spectacle affreux tu ne pourrais survivre.

ARRIE.

Non je veux te sauver et cet espoir m'énivre,

Et si l'or de Narcisse a dispersé nos rangs,

La vertu dans les fers fait pâlir les tyrans.

CÉCINA.

Hélas! de nos amis vois le sang qui ruisselle.

ARRIE.

Ils sont morts pour la gloire, ils étaient nés pour elle.

CÉCINA.

Eh bien imitons-les; mais que vois-je, grands dieux!

Tu veux cacher les pleurs dont s'innondent tes yeux.

La pâleur de ton front, de ce front plein de charmes,

Ces soupirs étouffés, tout trahit tes alarmes;

Ces pleurs sont-ils pour moi, pour l'état, pour mon fils

ARRIE (à part).

Pour mon fils! malheureuse!

CÉCINA.

Ah réponds, je frémis.

ARRIE.

Non, du fer meurtrier ce fils n'a rien à craindre;
Le ciel.... l'en garantit, seuls nous sommes à plaindre.

CÉCINA.

Eh! quels malheurs nouveaux....

ARRIE.

Sont-ils nouveaux pour nous?
L'infortune, l'exil, nous les connaissons tous :
La mort seule y manquait; faut-il long-temps l'attendre?

CÉCINA-

As-tu donc des secrets pour l'époux le plus tendre?

ARRIE.

Ah! quand de mes tourmens je tairais la moitié,
Tu trouverais mon sort digne encor de pitié.

SCENE VIII.

ARRIE, CÉCINA, ISIDORE.

ISIDORE.

Narcisse environné d'une sanglante escorte
Déjà de ce palais ose franchir la porte,
Le peuple en ta faveur fait entendre sa voix,
Il n'a point oublié le vengeur de ses droits,
Il veut te protéger et ne peut te défendre.

SCÈNE IX.

NARCISSE (*à ses soldats.*)

Qu'on éloigne ce peuple, et s'il ose entreprendre
De nous troubler, soldats, qu'il tombe sous vos coups.

ARRIE.

Faut-il d'un affranchi redouter le courroux?

NARCISSE.

Une femme m'insulte ?

ARRIE.

Une femme te brave.

Autrefois je t'ai vu, tu n'étais qu'un esclave ;
Tout ce faste imposant ne saurait me tromper,
Tu cesses de servir, mais non pas de ramper.
Et ton maître aujourd'hui n'est plus que ton complice ;
Eh ! bien, est-ce du sang que demande Narcisse ?
Ou veut-il des trésors? oui de l'or et du sang,
Ce sont là les degrés de son superbe rang ;
Les richesses d'un peuple à ses yeux sont des crimes,
Il appaise sa soif en frappant ses victimes.

NARCISSE.

Cécina, la pitié que l'on doit au malheur
Me conduit seule ici. J'excuse la douleur

D'une femme égarée, et qui devrait peut-être,
Songer que de tes jours je suis l'unique maître,
Qu'un mot me suffirait pour punir son orgueil,
Qu'un signe de ma main peut ouvrir ton cercueil ;
César dans mes rigueurs toujours me justifie
Et je puis à mon gré disposer de ta vie :
Mais ta vertu me touche, arbitre de ton sort,
Je viens, si tu le veux, t'arracher à la mort.
Tes complices déjà subissant leurs épreuves
De tes vœux criminels m'ont apporté les preuves ;
Au supplice entraînés par leurs propres soldats,
Ils ont reçu le prix de leurs noirs attentats.
Je veux te séparer de ces tristes victimes,
Viens servir avec moi nos maîtres légitimes,
A la race d'Auguste il est doux d'obéir,
Ce n'est point sans péril que l'on peut la trahir.
Va cette liberté, divinité frivole,
Qui tantôt nous élève et tantôt nous immole,
Est peu digne du sang qu'on verse à ses autels,
Sans la désaltérer. Laissons de vils mortels
S'armer pour de vains droits rivaux de la couronne,
Abandonne un parti que le ciel abandonne.
Que ce jour mette un terme à vos calamités,
Aussitôt les honneurs, le rang, les dignités,
Tout te promet un sort digne de ta naissance.

CÉCINA.

Tout au prix de l'honneur ! Va garde ta puissance,
Cet or, ces biens, ce rang, objet de mes mépris,
Quand du malheur d'un peuple ils sont l'infâme prix.
Si des mortels foulés par des mains oppressives
De leurs droits les plus saints ont perdu les archives,
La nature en nos cœurs a su les conserver ;
C'est là qu'on doit fouiller, si l'on veut les trouver
Immortels et frappés d'un type ineffaçable !
Mes jours sont dans tes mains, mais fière, inébranlable,
Aspirant à la gloire, à l'immortalité,
Au milieu des tourmens servant la liberté,
Mon âme défendra cette cause sublime.
Eh ! que m'importe à moi le souffle qui m'anime ?
Ces jours chargés d'ennuis et bientôt consumés ;
Après tous les malheurs dont tu les as semés,
Va, ton premier bienfait est d'en presser le terme.

NARCISSE.

Au jour de la raison ton esprit donc se ferme !
Tu prétends de César renverser le pouvoir ?
Eh bien ! puisqu'il le faut, je remplis mon devoir.
Qu'on l'entraîne, soldats !

ARRIE.

Qu'on l'entraîne, barbare ?
Commencez donc par moi, que rien ne nous sépare.

Narcisse, par pitié daigne me condamner,
A ce prix je le sens, je puis te pardonnner.
Mon époux est coupable et tu vois sa complice,
Je le suis dans l'exil, daus les fers, au supplice,
Heureuse si je puis en volant sur ses pas,
Des bourreaux la première obtenir le trépas,
Et fuir de ses tourmens le spectacle effroyable.
Quoi! de mon sang ton cœur n'est point insatiable?
Tes poisons sont-ils prêts? veux-tu voir réunis
Et l'épouse et l'époux et la mère et le fils?
Eh bien! à tes genoux vois une femme en larmes,
Déposer son orgueil, avouer ses alarmes;
Ah! je voudrais envain te cacher mon effroi,
Tu ne peux en douter, j'ai fléchi devant toi!
Ne crains pas désormais que ma fierté te brave,
Je n'implore à tes pieds que le titre d'esclave,
Que la triste douceur de suivre mon époux
Et de mourir enfin s'il tombe sous vos coups.
Mes mains dans les cachots supporteront ses chaînes,
Mes soins et ma tendresse adouciront ses peines,
Et fortunés encore à l'instant de périr,
Nous pouvons t'oublier, mais non pas te haïr.

NARCISSE.

Votre malheur, Arrie, et vos pleurs et vos charmes
Des bras les plus cruels feraient tomber les armes;
Mais Cécina lui seul peut changer votre sort,

Qu'il renonce à ses vœux ou s'apprête à la mort.

Puissé-je de César désarmer la vengeance !

Je vole vous servir.

ARRIE.

Et moi je te dévance ;

Moi je vais t'accuser, moi je vais révéler

Le malheur des Romains que ton nom fait trembler.

Penses-tu par ta fourbe abuser une femme,

A qui ta haine apprit à lire dans ton âme ?

Une femme tremblante au bruit de tes forfaits,

Et qui frémit surtout quand tu parles de paix ?

Ce peuple que ton œil avec effroi regarde,

Il te hàit, il nous aime, il t'attend, il nous garde,

N'entends-tu pas ses cris élancés jusqu'aux cieux ?

Tu n'oses entraîner ta victime à ses yeux ?

Viens de ses flots pressés je t'ouvre la barrière,

Tu volais vers César, j'y vole la première.

Tous ces ruisseaux de sang répandu par tes mains,

Ces nobles chevaliers, ces sénateurs romains,

Proscrits, frappés, foulés, immolés sans défense,

Pour titres à ta haine offrant leur innocence,

Ils ouvrent leurs tombeaux, ils observent tes pas,

Et leurs mânes sanglans demandent ton trépas.

De leurs gémissemens entends-tu la tempête ?

Tiens, les voilà, frémis, viens, ma vengeance est prête.

(Elle sort au devant de Narcisse).

SCÈNE X.

CÉCINA, ISIDORE.

CÉCINA.

Sa tendresse l'égare et son zèle nous perd.
Que dis-je ? quel espoir m'était encore offert ?
Ma mort était jurée et je l'attends sans crainte.

ISIDORE.

Avant que de tes jours la flamme soit éteinte,
Souviens-toi, Cécina, de tes vœux les plus chers,
Que j'arrache ton âme au pouvoir des enfers.
L'éternel dont la main veille encor sur ta vie
Sans doute a défendu qu'elle te fut ravie,
Avant que des faux dieux, le vain culte abjuré,
Ait promis à ton âme un triomphe assuré ;
Il offre à ta ferveur l'eau sainte du baptême.

CÉCINA.

Je brûle d'obéir à son ordre suprême.
Sans doute les mortels éclairés par ses lois,
Les chrétiens, ses enfans, dociles à sa voix
Vont m'offrir des vertus les modèles sublimes,
Entourés de méchans, ils détestent leurs crimes.
Un despote invisible au sein des tristes murs
Infectés par l'encens de ses flatteurs obcurs

N'y souscrit point sans honte à leurs projets sinistres ?
Un chrétien, s'il commande, a choisi des ministres
Qui jamais, sous leurs pieds foulant l'humanité,
N'ont opposé le fer au mot de liberté ?
Montre-moi ce séjour où digne d'elle-même,
L'âme jusques à Dieu portant son vol suprême,
Sous les lambeaux du pauvre et la pourpre des rois,
Ne voit que des mortels tous égaux par leurs droits.
Viens, ami, guide-moi vers leur retraite sainte.

ISIDORE.

Oui, je te l'ai promis : suis-moi dans cette enceinte
Où le ciel se dévoile, où Dieu même t'attend
Et descend jusqu'à nous de son trône éclatant.
D'un œil respectueux contemple ses mystères ;
Au pied de ses autels viens embrasser des frères
Que le fer des tyrans n'a jamais fait trembler ,
Et qui pour un chrétien sont prêts à s'immoler.

CÉCINA.

Terre de liberté toi seule es ma patrie.
J'y vole..... mais que dis-je, abandonner Arrie ?
Elle qui s'unissant au sort d'un malheureux ,
M'appellerait envain par ses cris douloureux,
Moi la quitter, jamais, la mort est moins cruelle.

ISIDORE.

Par de fidèles mains je veillerai sur elle.

Et quoi ! pour ton trépas le fer est déjà prêt,

La haine d'un ministre a dicté ton arrêt

(Pour ce crime, on le sait, il n'est jamais de grâce),

Et tu veux que ta femme, attachée à ta trace,

Soit le triste témoin de ton sang répandu ?

Et que le sien peut-être y tombe confondu ?

CÉCINA.

Quoi ! son sang, ah ! fuyons.

ISIDORE.

Viens.

CÉCINA.

Je l'entends, c'est elle,

Laisse-moi l'embrasser..

ISIDORE.

Un Dieu même t'appelle.

CÉCINA.

Sauvons celle que j'aime et quittons ce séjour ;

Ah ! même en la fuyant, j'obéis à l'amour.

FIN DU DEUXIÈME ACTE.

ACTE III.

SCÈNE PREMIÈRE.

Le théâtre représente l'intérieur des catacombes à Rome, et la scène est dans l'endroit où se réunissent deux de ces vastes galeries. Cécina et Isidore entrent avec un flambeau à la main et le posent de manière à éclairer faiblement la scène.

CÉCINA, ISIDORE.

ISIDORE.

Du Tibre sur ta tête entends gronder les ondes :
Rome entière est sur nous, et ces voûtes profondes
Engloutiraient et Rome et le fleuve et ses eaux,
Si ces murs s'écroulaient sous le poids de ses flots.
Viens, que ma main te guide et que mon œil t'éclaire.
Quoi ! ton cœur de ces lieux craint l'ombre tutélaire,
Tes membres de la vie ont perdu la chaleur.
Sur ce front agité quelle triste pâleur !
Quel trouble te saisit?

CÉCINA.

Où sommes-nous ? pardonne,
Tout dans ces lieux sacrés me consterne et m'étonne.

Ces ténèbres, ces murs revêtus d'ossemens,

Du pouvoir de la mort éternels monumens,

Ces tombeaux des martyrs, cet auguste silence,

Tout ici me confond.

ISIDORE.

Que ton âme s'élance

Vers un Dieu dont la main vient essuyer nos pleurs.

CÉCINA.

Où puis-je désormais déposer mes douleurs?

ISIDORE.

Dans le sein de ce Dieu, qui seul puissant, seul maître,

Fait d'un être un néant et du néant un être,

Et qui prenant pitié de ce cœur agité

T'appelle, par ma voix, à l'immortalité.

Oui la vie, ou plutôt cette ombre d'existence,

Qui chaque jour s'éteint et chaque jour commence (1),

Et dont le terme encore est un autre sommeil,

---

(1) Le sommeil, qui répand sur notre existence une espèce de mort intermittente, est peut-être le premier moyen dont Dieu s'est servi pour donner à l'homme le pressentiment de sa résurrection, qui ne sera que le réveil de son âme après un plus long repos. Je prouverai dans un ouvrage inédit sur la nature et la grandeur présumées des animaux fixés sur les corps célestes, que le sommeil qui suspend l'usage des facultés de la plupart des êtres qui habitent la terre et les planètes, doit être inconnu de ceux qui sont autour du soleil ou des étoiles dites fixes.

Doit préparer ton cœur à ce dernier réveil,
Où Dieu se révélant dans sa magnificence,
A notre âme agrandie unissant son essence,
Recevra dans son sein ces chrétiens triomphans,
Pour un instant mortels, pour toujours ses enfans.
D'un pontife sacré l'auguste ministère,
Bientôt de nos autels t'ouvrant le sanctuaire,
Dissipant tes erreurs, éclairant ta vertu,
Va répandre la grâce en ton cœur abattu.
Fléchis devant ce Dieu que ta raison implore,
Et que tu désirais sans le connaître encore.
Ses mystères bientôt te seront révélés.

SCÈNE II.

CÉCINA seul.

Que cet obscur séjour, que ces lieux isolés,
Où jamais le soleil n'apporta sa lumière,
Que ces morts dont mes pieds profanent la poussière
Annoncent de ce Dieu la sombre majesté !
Je voudrais l'invoquer; mais d'un cœur agité,
Où l'amour règne encor, quand lui seul le demande,
Sa main repousserait l'injurieuse offrande.
Quoi ! Rome, ses remparts, ses fleuves et ses monts,
Tout repose à la fois sur ces gouffres profonds !
Peut-être sur ma tête est le palais splendide

De l'esclave opulent, du ministre homicide,
Qui pour mieux dévorer les trésors des Romains,
Ose noircir le sang que répandent ses mains.
Peut-être en cet instant l'infortunée Arrie
Veut envain de ce monstre appaiser la furie :
Il méprise ses pleurs, son injuste courroux
Confond dans sa vengeance et l'épouse et l'époux.
Grands dieux ! ne vois-je pas le fer levé sur elle ?
Son sang prêt à couler ? je l'entends qui m'appelle.
Quoi ! ne puis-je quitter ces gouffres du trépas ?
Barbares ! respectez un objet plein d'appas,
Cette femme, ou plutôt cet immortel génie,
Qui veillant sur mes jours, bravant la tyrannie,
Aux siècles avenir pour modèle cité,
Voulut à l'univers rendre la liberté......
Vains efforts ! quoi ! toujours on verra sur le trône
Des monarques sans gloire avilir la couronne,
De lâches courtisans à leurs pieds prosternés,
Leur vanter le bonheur des peuples condamnés
Dans le sein du malheur à gémir en silence !
De ministres cruels la superbe insolence,
Opprimant, proscrivant, frappant les citoyens,
Consommer leur misère en dévorant leurs biens.
Telle est donc des Césars l'affreuse politique !
Telle est notre infortune. Eh quoi ! la république,

La puissance livrée à des mortels égaux,
Pourrait-elle aux Romains offrir de plus grands maux ?
Si de monstres sanglans la criminelle horde
Dans l'état populaire entraîna la discorde,
La guerre et des forfaits dont la terre a frémi ;
Ce pouvoir désormais plus doux, mieux affermi,
Délivrant les humains d'une race flétrie,
Ranimant dans les cœurs l'amour de la patrie,
Réveillant, excitant les esprits abattus,
Y verrait naître encor leurs antiques vertus.
Mais une autre patrie et m'attend et m'appelle :
Les voilà ces chrétiens dont la troupe fidèle
Des vérités du ciel m'apporte le flambeau,
Et cherche une patrie au-delà du tombeau.

SCÈNE III.

CÉCINA, ISIDORE suivi d'autres chétiens.

ISIDORE.

Les autels sont parés, Cécina, vois tes frères.
Viens, célèbre avec nous nos augustes mystères,
Sur tes nouveaux devoirs bientôt mieux éclairé,
Tu verras ton bonheur dans le ciel assuré.
Ce monde et ses erreurs méritent-ils nos larmes ?

CÉCINA.

Ah ! du moins votre Dieu calmera mes alarmes ;
Sa puissance sans borne est l'espoir du chrétien,
C'est le dieu du malheur, il doit être le mien !
Qu'il sauve ce que j'aime.   (*Ils sortent ensemble*).

SCÈNE IV.

ARRIE, LIVIE.

(*Une masse de rochers qui paraît soutenir cette partie des catacombes, partage le théâtre en deux, en sorte qu'Arrie et Livie ne sont point vues des chrétiens qui se retirent*).

LIVIE (*portant l'urne qui contient les cendres du fils d'Arrie.*)

Arrêtons-nous, Madame.
Une sombre terreur s'empare de mon âme,
Je tremble, je frémis. Quoi de ces tristes lieux
Vous n'avez point horreur ?

ARRIE.

Ils sont chers à mes yeux,
S'ils offrent un asyle aux vertus qu'on oppprime,
S'ils peuvent aux bourreaux dérober leur victime.
De son maître un esclave observant tous le pas,

M'apprit qu'en ce séjour et fuyant le trépas,
Cécina fut guidé par la main d'Isidore.
Quoi, j'abandonnerais un époux que j'adore?
Je n'aurais pour ses maux qu'une lâche pitié,
Et l'amour ferait moins que n'a fait l'amitié?
Non bientôt dans mes bras il faut que je le presse
Et son malheur, Livie, ajoute à ma tendresse.
Le palais des Césars, de marbres éclatant,
Qui brave les Romains par son faste insultant,
Superbe et tout brillant des pleurs des misérables
Et frémissant encor de mes cris déplorables,
Voilà le lieu fatal que l'on doit abhorrer.
Hélas! n'as-tu pas vu, quand j'allais implorer
La grâce d'un époux qu'un ministre condamne,
Des gardes de César la main vile et profane
Repousser mes douleurs comme autant d'attentats?
L'épouse d'un consul au milieu des soldats
Suppliante à leurs pieds, traînée et méprisée,
De ces mortels obscurs devenir la risée?
A cet excès mon trouble avait pu m'abuser!
Je défiais Narcisse et j'osais l'accuser!
J'allais me prosterner aux marches de ce trône
Que le vice flétrit, que l'intrigue environne;
Quelle erreur! j'oubliais, qu'objet de nos mépris,
De son crime un ministre obtient toujours le prix;

Qu'un tyran lui prêtant une ombre tutélaire,
Complice de sa honte ajoute à son salaire...,
Là dans mon desespoir mon esprit indigné,
Voulut briser ce front trop long-temps épargné,
Et ces marbres vantés, juste objet de ma haine,
Sont encor tout fumans du sang d'une Romaine !

LIVIE.

Puisse un si noble sang calmer vos ennemis !
Mais quel espoir ici peut vous être permis ?

ARRIE.

Va, ces lieux pour mon cœur auront encor des charmes,
Si la main d'un époux vient essuyer mes larmes,
Et par un sort fatal si mes vœux sont trahis,
Quelle mère demande à survivre à son fils ?
Guidée en ce séjour par l'amour le plus tendre,
Chaque jour je viendrai contempler cette cendre,
L'échauffer dans mon sein, la porter, la presser,
L'accabler de baisers, appeler, embrasser
Ce fils qu'en vain du ciel ma tendresse réclame,
Et qui mort à mes yeux vit encor dans mon âme !
Donne, livre à mes mains cet unique trésor,
Mon cœur en a besoin, que je l'embrasse encor.
Mères ! qui pour un fils connûtes les alarmes,
Pardonnez à mes pleurs, rappelez-vous vos larmes !

(*Elle embrasse avec des transports de tendresse l'urne*
qui contient les cendres de son fils.)

SCÈNE V.

ARRIE, LIVIE, — CÉCINA (*de l'autre côté du théâtre.*)

CÉCINA.

Enfin je suis chrétien, mon esprit éclairé
Connait ce culte heureux par Dieu même inspiré,
Quels austères devoirs cette loi nous impose !
J'en frémis; mais sur lui mon espoir se repose.
Ici seul à tes pieds tu me vois prosterné,
Dieu puissant! prends pitié d'un être infortuné,
Permets que je revoie un épouse chérie.

ARRIE.

Ciel ! quels accens !

CÉCINA.

Rends-moi la malheureuse Arrie.

ARRIE.

Qui m'appelle ? est-ce toi que je n'ose nommer,
Toi qui voulais me fuir, qui cesses de m'aimer,
Qui peut vivre sans moi, c'est donc toi que j'embrasse ?

CÉCINA.

Quel prodige ou quel dieu te guida sur ma trace ?

ARRIE.

Quel dieu ! l'amour.

CÉCINA.

O ciel! ta bonté sur mes pas
A placé le bonheur aux devants du trépas.
Mais quelle est cette cendre et cet objet funeste....

ARRIE.

Hélas! de tous nos biens c'est le seul qui nous reste,
Ne me l'arrache pas.

CÉCINA.

Juste ciel, je frémis
Tu parles de nos biens, parle-moi de mon fils.

ARRIE (*voulant cacher ses larmes.*)

Mon fils!

CÉCINA.

Affreux silence! Ah! malheureuse mère,
Tu n'osais m'éclairer, j'ai cessé d'être père.
Quoi, ta douleur muette étouffait tes sanglots,
Et seule tu portais tout le poids de nos maux!

SCÈNE VI.

ARRIE, CÉCINA, LIVIE, ISIDORE, SUIVI
D'AUTRES CHRÉTIENS.

ISIDORE.

Tremblez, infortunés! de ces voûtes funèbres
Les soldats de César ont percé les ténèbres.

Leurs cris et leurs fureurs font retentir ces murs

Dont nous seuls connaissons tous les détours obscurs :

Mais contre les transports d'une troupe homicide,

Le ciel veut te défendre et l'amitié te guide.

Elle t'offre un abri dans nos antres secrets.

ARRIE.

Qui respecte le ciel ne craint pas ses décrets.

Viens, Cécina ; chargés de cette triste cendre,

Ne songeons qu'aux devoirs qu'il est temps de lui rendre ;

Et libres de ce soin, bientôt vous nous verrez

Affronter de César les poignards conjurés.

SCÈNE VII.

ISIDORE, ET LES CHRÉTIENS.

ISIDORE.

Ciel ! quel est son dessein et quel espoir lui reste ?

Peut-elle d'un époux changer le sort funeste ?

Le glaive sur son front est déjà suspendu ;

Mais vous êtes chrétiens et l'espoir m'est rendu.

Ce ministre barbare enrichi par ses crimes,

Qui pour les dépouiller égorge ses victimes,

Et sur des flots de sang élevant son trésor

N'a jamais reconnu que le pouvoir de l'or ;

Il condamne, il fait grâce au gré de son caprice,

On pourrait le toucher. Son infâme avarice
Nous montre le chemin pour aller à son cœur.
Par de riches présens désarmons sa rigueur.
Au malheur d'un chrétien chacun doit une offrande,
L'humanité l'attend et Dieu vous la demande.
Déposez à ses pieds tous ces vains ornemens,
De vos jours de bonheur fragiles monumens ;
Un chrétien dédaignant et l'art et la nature,
Couronné de vertus, n'a point d'autre parure.
(*Ici les chrétiens déposent leurs dons sur un autel.*)

SCÈNE VIII.

ARRIE, CÉCINA, ISIDORE, CHRÉTIENS.

ISIDORE.

O vous qu'un dieu clément a guidés dans ces lieux,
Venez, sechez les pleurs que répandent vos yeux :
Que vos cœurs affligés s'ouvrent à l'espérance,
Chacun ici conspire à votre délivrance,
Et ces amis, pour vous d'un pur zèle animés,
S'éloignent des heureux et non des opprimés.
Oui nous saurons fléchir ce ministre inflexible,
Et la main offrant l'or à son âme insensible
N'est jamais repoussée et peut tout espérer.

ARRIE.

Bientôt une autre main viendra nous délivrer ;
Par elle tout mortel peut braver l'infortune.

ISIDORE.

Quoi, vous nous repoussez et cette offre importune.....

ARRIE.

Des secours plus certains pour nous sont déjà prêts.
Ici d'un grand dessein nous formons les apprêts.
O vous dont la pitié si touchante et si rare,
Veut détourner de nous le glaive d'un barbare ;
Pour des jours glorieux laissez, ne craignez rien,
Il est un autre fer plus puissant que le sien.

ISIDORE.

Hélas ! chacun de nous pour vous offre sa vie.

ARRIE.

Et moi je la défends......

SCÈNE IX ET DERNIÈRE.

ARRIE, CÉCINA.

CÉCINA.

Que mon âme est ravie.
Quel est donc ce secours à tes yeux assuré,
De ton amour pour moi le gage inespéré ?
Quoi ! nos maux vont finir ?

ARRIE.

Pour jamais.

CÉCINA.

Dois-je croire

Qu'un destin moins cruel peut sauver…….

ARRIE.

Oui…. ta gloire.

CÉCINA.

Quel est ce bienfaiteur dont le bras généreux

Viendra me délivrer ?

ARRIE.

L'espoir des malheureux.

CÉCINA.

Ne peux-tu le nommer ?

ARRIE.

Peux-tu le méconnaître ?

CÉCINA.

Quoi c'est……

ARRIE.

Le trépas.

CÉCINA.

Ciel !

ARRIE.

Eh ! tu le crains peut-être ?

60

CÉCINA.

Je l'attends sans terreur.

ARRIE.

Attendre le trépas ?
Non l'on doit le braver mais on ne l'attend pas :
Attends-tu qu'une main de carnage fumante
Arrache de tes bras ta femme, ton amante ,
Ton appui, ton amie (ah ! ces titres si doux,
Seule, n'est-il pas vrai, je les méritai tous);
Attends-tu qu'à ta perte une troupe acharnée,
Et foulant sous ses pieds ton épouse enchaînée ,
Vienne trancher ta tête et là de rang en rang
Elève ce trophée éclatant de ton sang ?
Ah ! tu m'épargneras cet horrible spectacle;
L'honneur parle, il t'est cher, et c'est là notre oracle.
Que peuvent tes amis dans ce pressant danger ?
Tomber à tes côtés, périr sans te venger ;
Est-ce au prix de leur sang qu'il faut tarir nos larmes?
Ou chargé de leurs dons faut-il que tu desarmes
Un ministre régnant sur l'or des citoyens ?
Non le crime descend à ces lâches moyens ;
Mais la vertu plus noble et plus grande et plus fière,
Seule marche sans crainte au but de sa carrière ,
Et fatale aux tyrans qui l'osent insulter ,
Refuse de se vendre et de se racheter!

CÉCINA.

O combien ton exemple et m'élève et m'enflamme !
Le temple des vertus est le cœur d'une femme.

ARRIE.

Si l'espoir le plus faible hélas ! m'était resté,
Pour conserver tes jours que n'eussé-je tenté ?
Sur quelle terre ingrate, étrangère et sauvage,
M'offrant à chaque pas la mort ou l'esclavage,
Traversant avec toi les plus âpres climats,
N'aurais-je point bravé leur glace et leurs frimats ?
L'exil et l'infortune, et la misère même,
Quels malheurs peut-on craindre auprès de ce qu'on aime?
Mais le ciel se refuse à mes vœux les plus chers,
César commande à Rome et Rome à l'univers ;
Dans les déserts brûlans son glaive qu'on abhorre
Viendrait chercher le sang d'un époux que j'adore.
Sous le joug d'un tyran c'est trop courber nos fronts,
Qui veut s'humilier n'a droit qu'à des affronts.
Mourons, que notre main nous frappe et nous délivre.

CÉCINA.

O ciel tu veux mourir ?

ARRIE.

Sans toi, pourrais-je vivre?
Sur le bord du tombeau faut-il nous séparer ?

CÉCINA.

Quoi, tu m'aimes, Arrie, et tu veux m'égarer ?
Mais non, pardonne-moi, la divine lumière
N'a point de ses rayons dessillé ta paupière,
Et ces autels témoins de mes nouveaux sermens.......

ARRIE.

Quels sermens ? quels autels, et quels engagemens,
Auraient pu m'arracher ton cœur et ta tendresse ?
Quelle horreur met le comble à l'horreur qui m'oppresse ?
Ah ! dissipe mon trouble, il s'accroit par le tien.
Réponds.

CÉCINA.

Je ne puis.

ARRIE.

Parle.

CÉCINA.

Eh bien... je suis chrétien.

ARRIE.

Toi chrétien ? à mes maux que manque-t-il encore ?
As-tu donc d'autres dieux que les dieux que j'adore ?
Ne te souvient-il pas qu'au pied de leurs autels,
Et fortunés alors entre tous les mortels,
Nous jurâmes de vivre et de mourir ensemble ?

CÉCINA.

Ah ! je chéris encor le nœud qui nous rassemble ;
Nul pouvoir, nul serment ne le rompra jamais.

Et je brûle toujours pour celle que j'aimais ;
Puisse ma flamme enfin n'être pas criminelle !

ARRIE.

Criminelle !

CÉCINA.

Oui, grand Dieu, ta colère éternelle,
De l'enfer en courroux les plus affreux tourmens,
D'impérissables feux, d'immortels châtimens
Puniront à jamais l'assassin de lui-même !
Quoi, rien n'appaisera ta justice suprême,
Mon supplice m'attend, mon arrêt est dicté,
Et l'enfer sous mes pas ouvre l'éternité !
Ah ! je sens ses efforts, il m'attire, il m'entraîne,
Je vais périr, je meurs...... comment braver sa haine,
Grand Dieu ! pour t'obéir envain j'ai combattu,
Il armait contre moi l'amour et la vertu.

ARRIE.

Va le dieu que tu sers ne veut que des esclaves,
Bénissant leur malheur, chérissant leurs entraves,
Rampans sous les affronts, tremblans, humiliés,
Sans honte et sans honneur prosternés à ses pieds ;
Tu me quittes pour lui, c'est ainsi que tu m'aimes !

CÉCINA.

Ah ! si tu connaissais le Dieu que tu plasphêmes !
A son culte sublime à peine initié,

Emu pour tes erreurs d'une tendre pitié,
Hélas ! que n'ai-je pu t'annoncer ses mystères,
Sa grandeur, ses bienfaits et les devoirs austères
Qu'il impose aux chrétiens...... quels devoirs ? je frémis,
Quoi, ma femme conspire avec mes ennemis,
Sa tendresse fatale ouvre pour moi l'abîme
Et sa main aux enfers entraîne sa victime !
Grand Dieu, délivre-moi de ces combats affreux,
Prends pitié des tourmens, des pleurs d'un malheureux,
Sauve-moi, je péris si ta main m'abandonne,
Accorde-moi la mort, tonne, frappe et pardonne....
Quoi ! tu ne m'entends plus, l'abîme est sous mes pas,
Où fuirai-je, grand Dieu ?

ARRIE (*se mettant au devant de Cécina.*)

Non tu ne fuiras pas.

Je t'aime Cécina, mais j'aime aussi ta gloire.
Du culte des chrétiens perds la triste mémoire,
Il en est un plus doux, immuable, éternel,
Le culte de l'amour serait-il criminel ?
Mourons : la loi d'un dieu n'a rien qui m'intimide
Quand la raison m'éclaire et la vertu me guide,
Le néant avec toi ne saurait m'alarmer,
Mon cœur n'en connait point où l'on cesse d'aimer !

65

CÉCINA.

Grand Dieu , contre ses pleurs donne-moi donc des armes !
Mais non, il n'est plus temps, j'ai vu couler ses larmes ;
Tu triomphes , Arrie , et nous allons périr ,
Attends-tu de ma main un poignard pour mourir ?

ARRIE.

Va la mort dans tes bras est un bien que j'implore
    (*Elle place sur son cœur la main de Cécina*)
N'en doute pas , mon cœur te le répète encore.

CÉCINA.

J'entends les meurtriers , malheureux !

ARRIE.

Hâtons-nous.

CÉCINA.

Tu m'arraches ce fer ?

ARRIE (*aux pieds de Cécina.*)

Je l'attends à genoux.

CÉCINA (*abandonnant le poignard qu'il tenait.*)

C'en est fait , tu le veux , termine donc ma vie.

ARRIE (*avec transports et s'adressant aux
meurtriers qu'elle croit entendre.*)

Je le tiens ce poignard que le malheur m'envie ;
Cruels , je sais braver votre glaive assassin ,

5

Vous ne pouvez m'atteindre et profaner mon sein.

Tremblez, à vos forfaits je ferme la carrière,

Respectez de la mort l'éternelle barrière,

Cécina ! de l'amour prends ce gage fatal.

(*Elle se frappe et tend le poignard à Cécina.*)

Ce fer teint de mon sang, frappe... il ne fait pas mal.

CÉCINA.

Ah ! je me reconnais, tu me rends à moi-même.

Ce Dieu dont la clémence est l'attribut suprême,

Et qu'on nous peint toujours le bras prêt à punir,

Doit conserver deux cœurs qu'il n'a pu désunir

(*Il se frappe.*)

ARRIE.

Eh quoi, déjà le ciel te ravit la lumière !

Mon malheur me défend d'expirer la première,

Mes yeux ne sentent plus qu'une faible clarté,

Mais mon dernier soupir est pour la liberté.

Je lègue ma mémoire à ma triste patrie ;

Puisse de son tombeau l'infortunée Arrie

Réveiller les Romains et porter dans leurs rangs

L'effroi de l'esclavage et l'horreur des tyrans.

Libérateurs d'un peuple, ô vous dont la grande âme

Des plus hautes vertus a conservé la flamme,

Je descends aux enfers, dans ces bosquets sacrés

Où respirent déjà tant de morts illustres ;

J'y vais tresser des fleurs pour vos ombres sublimes
Et de la liberté couronner les victimes.
Et toi qui viens d'entrer dans cet heureux séjour,
Toi l'objet immortel d'un immortel amour,
Permets que sur ce sein palpitant de tendresse
Pour la dernière fois je t'embrasse et te presse :
J'ai sauvé ta vertu, ta gloire, ton honneur,
Et mes derniers instans sont un jour de bonheur.....
Mais le trépas s'avance et mes lèvres errantes
S'attachent pour jamais à tes lèvres mourantes.
Puissent nos ennemis nous trouvant embrassés
Répandre quelques pleurs sur nos membres glacés !

FIN.

Imprimerie de Gœrscur, rue Louis-le-Grand, Nº 27